IMPORTANTE

COLLECTION

D'OBJETS D'ART

ET DE CURIOSITÉ

VENTE

HOTEL DROUOT, SALLE N° 8

Le Lundi 23 *Mars* 1868

A DEUX HEURES

EXPOSITIONS

Particulière	*Publique*
LE SAMEDI 21 MARS 1868	LE DIMANCHE 22 MARS 1868
de 1 heure à 5 heures	de 1 heure à 5 heures

Me CHARLES PILLET
COMMISSAIRE-PRISEUR
11, rue de Choiseul, 11

M. CARLE DELANGE	M. CHARLES MANNHEIM
EXPERT	EXPERT
5, quai Voltaire	7, rue Saint-Georges

CONDITIONS DE LA VENTE

Elle sera faite au comptant.

Les adjudicataires payeront *cinq pour cent* en sus des enchères.

L'exposition mettant le public à même de se rendre compte de l'état des objets, il ne sera admis aucune réclamation une fois l'adjudication prononcée.

CE CATALOGUE SE TROUVE :

A Paris, chez MM.	*Charles Pillet*, commissaire-priseur, rue de Choiseul, 11.
	Carle Delange, expert, quai Voltaire, 5.
	Ch. Mannheim, expert, rue Saint-Georges, 7.
A Londres,	*Colnaghi*, Pall-Mall-East, 14.
—	*George Henry Phillips*, 37, Wimpole street.
—	*H. Durlacher*, 113, New-Bond street.
—	*International Society of fine arts*, 25, Old-Bond street, et 30, John street, Bedford Row.
—	*Annoot*, 16, Old-Bond street.
—	*F. Davis*, 101, New-Bond street.
—	*John Webb*, 22, Cork street, Burlington-Garden.
A Bruxelles,	*Etienne Leroy*, 12, place du Grand-Sablon.
—	*Agence de la Société internationale des Beaux-Arts*, 46, rue de la Madeleine.
A Amsterdam,	*Roos*, in het huis der Hoofden.
A Rotterdam,	*Lamme*, 4, Wijn straat.
A Cologne,	*Heberlé*, marchand d'antiquités.
A Berlin,	*Fiocati*, Unter den Linden, 21.
—	*Lepke*, Unter den Linden, 12.
A Leipzig,	*Brockhaus* et Ce.
A Francfort-s.-Mein,	*Lœwenstein* frères, Zeil.
—	*Goldschmidt*, Zeil, hôtel de Russie.
—	*Baer (Antoine)*, place Schiller.
A Vienne,	*Artaria* et Cie.
—	Maison *Goupil*, représentant M. *Kaeser*.
A Saint-Pétersbourg,	*Negri* père et fils.
A Rome,	*Menchetti*, via Babuino.
A New-York,	*Knadler*, 772, Broadway.

Paris. — Imprimé chez A. Pillet fils aîné
5, rue des Grands-Augustins

OBJETS D'ART

ET

DE CURIOSITÉ

DÉSIGNATION DES OBJETS

BRONZE

ANDREA DEL VEROCCHIO (Fiorentino)
florissait vers 1570.

1. — LE CHRIST RESSUSCITÉ.

Il est représenté debout, placé sur une base circulaire et ornée d'une frise de palmettes dans le goût antique. De la main droite il donne la bénédiction. Une draperie, habilement ajustée, laisse voir en partie le nu du corps, des bras et des jambes, dénotant déjà une grande connaissance de l'anatomie, rare à cette époque de l'art.

Superbe spécimen de sculpture de la renaissance italienne vers les deux tiers du xve siècle.

Grandeur, deux tiers de nature.

VERRERIES

2 — Petit Bassin, de forme évasée, en verre incolore chevronné en émail blanc ; au centre, ombilic saillant.

3 — Jolie Coupe, à piédouche élevé et à fond renflé. L'intérieur, vers l'orifice, est richement décoré d'une large bordure en points d'émail de différentes couleurs, sur fond doré encadré dans deux filets d'émail bleu. 14 nervures saillantes sur le fond de la coupe. Le bord du piédouche bordé en bleu.

4 — Belle Bouteille, à col élevé et à piédouche en verre incolore, entièrement décorée d'arabesques et de fleurs

en dorure et en émail de différentes couleurs, formant un ensemble décoratif très-riche et très-brillant.

Imitation du travail *arabe* du xve siècle.

5 — Grande et belle Coupe, à piédouche en verre incolore. Elle est décorée d'imbrications émaillées sur fond d'or. Le fond de la coupe est garni extérieurement de côtes saillantes droites. La décoration d'or est très-harmonieusement relevée par des perles émaillées de différentes couleurs.

6 — Très-jolie Coupe plate à piédouche en verre incolore, décorée de nervures rayonnantes en émail opalin, à reflets métalliques très-vifs et d'un effet réussi très-rare.

7 — Petite Coupe à pied élevé, en verre incolore, dont le plateau est décoré à l'extérieur de plusieurs filets et d'une rosace en émail blanc ; le pied est ornementé d'émail blanc.

8 — Petit Plateau creux, en verre plissé incolore, garni de deux anses en verre bleu. Ombilic saillant dans le fond.

9 — Jolie Coupe à pied élevé, en verre incolore, décorée à l'intérieur de deux cercles et d'une rosace à filets tortillés en émail blanc. Le piédouche orné d'un renflement à côtes dorées.

10 — Belle Vasque ou *grande Coupe*, de forme évasée et à piédouche, en verre incolore. Elle est entièrement décorée d'imbrications simulant des écailles de poisson émaillées et dorées, et relevées par des perles de différentes couleurs. Le pied est orné d'un filet rouge bordé de deux couronnes de pois en émail blanc, décoration reproduite sur le bord extérieur de la vasque.

11 — Verre élevé, sur pied à balustre, dont le calice, renflé par le bas, va en s'évasant à l'orifice. Verre lisse et incolore.

12 — Verre à pied élevé, d'une grande légèreté, dont le calice s'évase à l'orifice ; le balustre est orné de deux ailerons en verre bleu et blanc ; le reste en verre incolore.

13 — Jolie Coupe plate, très-légère, en verre blanc jaunâtre, sur pied très-élevé ; le fond de la coupe est ondulé et à facettes formant rosace, dans lesquelles la lumière produit des effets diamantés.

14 — Joli Verre, à pied élevé, en verre incolore ; le pied est formé par un balustre décoré de médaillons moulés.

15 — Joli Calice en verre incolore. Pied à balustre à deux nœuds, sur lesquels sont posés deux oiseaux chimériques dont les ailes sont en verre bleu ; l'un regardant de haut en bas, l'autre en sens inverse. Ensemble très-élégant et très-léger.

16 — Coupe légère, en verre verdâtre, sur pied à balustre très-élevé. Jusqu'à la moitié de la hauteur du calice sont des filets tremblés. Le balustre est orné de deux mascarons moulés.

17 — Vase en verre lisse, incolore et léger, ayant pour anses deux petites volutes retournées.

18 — Petit Vase en verre lisse et incolore, à deux anses en forme de chaînes. Au fond du vase, un pavot saillant en verre bleu. Le bord de la panse garni de deux filets en relief en verre incolore.

19 — Petite Coupe sur pied élevé, en verre incolore, décorée de fleurs gravées à la pointe de diamant.

20 — Joli Porte-Bouquet, de forme très-élégante, en verre incolore filigrané d'émail blanc. La panse moulée représente en relief deux aigles à deux têtes et deux lions alternés.

21 — Petite Coupe en verre incolore, mais dont le calice est quadrillé de bandes tremblées en émail blanc.

22 — Petite Coupe, en verre incolore, à bords évasés et sur pied élevé, ornée de deux anses. A l'extérieur, filet mouvementé en relief.

23 — Beau Plateau à piédouche, large et évasé, doré en partie à la base. Le fond est côtelé ; au centre et à la

bordure, riche ornement de perles émaillées de diverses couleurs.

24 — Joli Plateau à piédouche, en verre incolore, richement décoré extérieurement, sur le bord, d'émaux coloriés et de dorures ; au fond de la coupe, entourée par deux cercles, l'un blanc et l'autre rouge, une biche en émail jaune, accroupie sur un fond de verdure bordé d'émail bleu ondulé, simulant un fleuve.

25 — Jolie Tasse à piédouche, dont la coupe en verre violet est ornée de fleurs gravées à la pointe de diamant. Le piédouche et les anses sont en verre blanc.

26 — Petit Vase, de forme un peu écrasée, en verre opaque d'un beau rouge marbré, orné de deux anses s'attachant sur la panse.

27 — Jolie Coupe à pied élevé et à balustre, en verre plissé, lisse et incolore.

28 — Gobelet en verre incolore, entièrement orné de filigranes blanc.

29 — Plateau demi-creux, à piédouche, en verre incolore. Le bord est décoré de perles émaillées blanches et rouges sur un fond doré. Au centre, un médaillon formé d'une couronne reproduit la décoration du bord et contient, au milieu de fleurons de nuances vives et diverses, un

animal en émail jaune, chassé par un chien en émail rose.

30 — Plateau, à piédouche bas, en verre incolore. Le fond est à bossettes rayonnantes. Au centre un petit carré doré sur lequel est une rosace en émail de couleur. Le bord est orné d'un bandeau formé de petites rosaces émaillées sur fond d'or et relevé par des perles blanches.

31 — Jolie petite Coupe, en verre incolore, festonnée et striée de filets roses et de bandes de sablé d'or. Pièce très-rare.

32 — Petit Vase de forme écrasée, en verre incolore, à deux anses. Le bord et le bourrelet du piédouche sont en verre bleu.

33 — Joli Verre à ailerons, en verre incolore, flammé d'émail blanc. Les anses à ailerons sont en verre blanc et bleu, d'une forme délicate.

34 — Petit Flacon, de forme ronde et aplatie, en verre incolore, orné à l'intérieur de larges filets faisant côtes saillantes, en verre alternativement bleu et blanc.

35 — Joli petit Flacon, à col allongé, en verre jaune pâle, flammé d'émail blanc. Il est muni d'une capsule en verre recouvrant le goulot, et orné de deux anses ou ailerons en verre blanc et bleu.

36 — Joli Flacon aplati, dont la panse a la forme de deux coquilles réunies. Il est en verre opaque blanc, chiné rouge et bleu. Le piédouche en verre blanc opaque.

37 — Deux petits Flacons en verre bleu, munis d'une capsule formant bouchon et recouvrant le goulot. La panse du flacon et le bouchon sont ornés de fleurs gravées. Anses en verre blanc émaillé de jaune.

38 — Joli petit Verre a pied, en verre incolore, pied élevé à balustre. Le culot du calice renforcé en verre bleu, côtelé et orné de trois agrafes en verre bleu dans lesquelles passent des anneaux en verre blanc.

39 — Vase a pied, en verre incolore, plissé en spirale. Pied à balustre orné de deux ailerons en verre bleu et en verre blanc.

40 — Porte-Bouquet, en verre incolore. Calice très-évasé; pied élevé à balustre festonné, orné de deux anses à ailerons en verre bleu et en verre blanc.

41 — Porte-Bouquet, en verre incolore et lisse, calice évasé. Pied à balustre orné de deux ailerons en verre blanc.

42 — Porte-Bouquet, en verre incolore, monté sur pied élevé à balustre, orné de deux anses à ailerons en verre bleu et blanc.

43 — Vase a Fleurs, en verre incolore et lisse, orné à l'intérieur d'un pavot bleu en relief. Sur la panse, ornée de deux anses à chaînettes, sont deux filets et seize nervures saillantes. Orifice godronné.

44 — Bouteille élevée, en verre incolore, à col tordu et à goulot évasé. Le col est formé de quatre tubes creux tordus entre eux depuis la panse jusqu'au goulot, qui forme un bassin godronné disposé de telle sorte que l'on puisse boire par chacun des quatre tubes sans renverser le liquide par les autres. La panse est garnie de quatorze nervures brillantes.

45 — Belle Coupe profonde, en verre incolore, entièrement filigranée d'émail blanc appliqué alternativement en étroits rubans plats et en bandes quadrillées. Le bord de la coupe est godronné et d'une forme très-gracieuse.

46 — Belle Coupe basse sur piédouche, en verre incolore, ornée d'une frise en perles émaillées de diverses couleurs, et de gros pois rouges et bleus d'une couleur très-vive. Douze nervures saillantes à l'extérieur et dorées intérieurement.

47 — Coupe profonde à bords évasés et légèrement étranglée près du fond. Elle est en verre incolore, ornée de spirales en émail blanc, alternativement appliquées en rubans plats et en bandes quadrillées.

48 — Très-grand Plateau, en verre incolore, entièrement décoré de doubles filets d'émail blanc, partant du centre en s'inclinant en sens inverse et en divergeant jusqu'au bord; à chaque intersection est une bulle d'air. Pièce remarquable par ses dimensions.

49 — Deux Verres à pied élevé dont le calice en verre violet offre l'apparence d'un verre rempli de vin; les pieds sont ornés de deux ailerons en verre bleu et blanc.

50 — Jolie Tasse en verre incolore dont le fond, à cannelures très-serrées, rentre intérieurement et se termine par un ombilic saillant. Le bord est très-finement décoré d'un bandeau de perles en émail de diverses couleurs sur fond doré.

51 — Tasse en verre incolore dont le fond plissé rentre en dedans et se termine par un ombilic saillant. Le bord est décoré d'un bandeau doré sur lequel on lit cette inscription: « ONIAM VINCIT AMOR » pour *omnia vincit amor*.

52 — Belle Coupe profonde, sur piédestal élevé, en verre incolore. Le fond est godronné et le bord plat décoré d'une large bande en émail de différentes couleurs sur fond doré.

53 — Joli Plateau, à piédouche, en verre incolore. Le bord est décoré d'émaux colorés sur fond d'or. Au centre, dans une rosace dorée et émaillée de perles

bleues et blanches, un blason émaillé à champ de gueules avec les clefs de saint Pierre et trois massacres d'argent. Il est surmonté de la barrette.

54 — Deux jolies Burettes en forme de buire orientale, en verre opale d'une très-belle nuance. Elle sont cannelées et décorées de mascarons en relief doré. Anses à ailerons et goulots en col de cygne.

55 — Jolie Burette de forme orientale, en verre incolore; autour de l'orifice deux filets en verre bleu. Le goulot se termine par un bourrelet bleu orné de filets; sur la panse des fleurettes de même couleur; à la naissance du goulot un mascaron en verre blanc.

56 — Deux Jolies Burettes de forme orientale, en verre rosé; elles sont décorées de boutons bleus, et de deux filets à la naissance du col. Sur la panse sont placés des mascarons moulés en verre blanc. Les ailerons en verre incolore sont d'une très-jolie forme.

57 — Jolie Burette, de forme orientale, à anse recourbée et à goulot en col de cygne. Elle est en verre incolore, orné de petits mascarons en verre vert.

58 — Vase à col élevé, en verre incolore et à orifice très-évasé. Sur la panse deux anses en verre bleu formant ailerons.

59 — Petite Bouteille, en verre jaune verdâtre; autour

du goulot allant en s'évasant, tourne en spirale un filet saillant en émail blanc très-délicatement appliqué.

60 — Pot a bière, en verre vert décoré de feuillages et des armes de l'Empire germanique en émail colorié; sur le couvercle en argent doré sont représentés en repoussé différents emblèmes. Sur une exergue on lit: *Variis in mortibus eadem*. 1680.

61 — Grand Vidrecome de forme cylindrique et à couvercle. Il est entièrement décoré de huit figures d'Empereurs à cheval, placées sous des arcades, et de feuillages, le tout émaillé à froid de diverses couleurs. Travail moderne.

62 — Grand Vidrecome de forme cylindrique et à couvercle. Il est en verre vert décoré de l'aigle impérial, dont les ailes sont formées par les différents blasons de la Confédération germanique, le tout émaillé à froid de diverses couleurs. Travail moderne.

63 — Deux Burettes en verre incolore flammé d'émail blanc, anses à ailerons, deux filets bleus à l'ouverture.

64 — Pot a anse à aileron en verre incolore flammé d'émail blanc, deux filets bleus à l'orifice.

65 — Flambeau en verre lisse flammé d'émail blanc, pied évasé et balustre en verre bleu.

66 — Figure de Nègre en verre émaillé de couleurs diverses, tenant une corne d'abondance en verre strié et formant flambeau.

67 — Figurine de Femme en verre émaillé de couleurs, portant une corbeille sur la tête et formant vide-poche.

68 — Figurine de Nègre en verre émaillé de couleurs.

69 — Un Flacon carré en verre violet craquelé, imitant la glace fondante.

70 — Grand Lustre en verre de Venise à 18 lumières. — Verre blanc.

71 — Grand Lustre en verre de Venise, à 24 lumières, en verre de couleurs.

ARMES

72 — Très-belle Armure complète en acier poli. La cuirasse, articulée à partir du milieu de la poitrine, se continue par un tablier d'armes composé de deux grandes tassettes d'une seule pièce, plissées et se terminant en pointe extérieure. Les cuissards et les jambières finissent par des souliers d'armes à poulaines.

Le heaume est à visière pointue d'une seule pièce avec la mentonnière percée de petits trous pour la respiration.

Milieu du xve siècle.

73 — Armure en fer bruni. Elle se termine après les tassettes. Le heaume est à visière grillée.

Fin du xve siècle.

74 — Armure en acier ciselé. Elle est richement décorée et avec des traces de dorure. Les cuissards et les jambières manquent. Le heaume à cimier a la visière grillée au-dessus de la mentonnière.

Seconde moitié du xvie siècle.

75 — Belle Armure complète en acier poli. A la ventrière sont attachées des tassettes articulées descendant jusqu'à la naissance des cuissards. Par derrière pend une queue d'armes ou couvre-reins également articulée.

Fin du xvie siècle.

76 — Armure en acier poli. Elle se termine au-dessous des genouillères. Les cuissards s'attachent aux tassettes de la ventrière. Des bottes d'armes en cuir flexible complétaient ces sortes d'armures. Le heaume, sans cimier, a la visière sans mentonnière et se termine par un couvre-nuque.

Commencement du xviie siècle.

77 — ARMURE en fer bruni. Elle se termine après les tassettes. Les épaulières se rejoignent sur le devant de la cuirasse. Le heaume est à grille au-dessus de la mentonnière.

XVIIe siècle.

78 — PETIT MODÈLE d'une Armure complète du XVIe siècle; elle est accompagnée d'une targe en fer et d'une hallebarde; montée sur socle en bois noirci.

Hauteur totale, 0,44.

79 — ÉPÉE D'ESTOC. Garde en corbeille ciselée et percée à jours, et ornée d'oiseaux et de fleurettes. Les gouttières de la lame sont percées à jours.

XVIIe siècle.

80 — BELLE ÉPÉE, dite à passoire. La garde à bords retroussés est entièrement ciselée et repercée à jours. Le pommeau est formé par une figure de tambour accroupi.

XVIIe siècle.

81 — GRANDE ÉPÉE D'ESTOC. Garde à panier, terminée par une double coquille à jours; pommeau ciselé.

Fin du XVIe siècle.

82 — BELLE ÉPÉE D'ESTOC, dite à passoire. Garde en panier richement ciselée et repercée à jours. La gouttière de la lame est percée à jours.

XVIIe siècle.

83 — Belle Épée d'estoc. La garde, demi-sphérique, est entièrement ciselée et repercée à jours ; elle est festonnée sur le bord, et au milieu de chaque entrelac du dessin est une rosace en relief.

xvie siècle.

84 — Jolie Épée à croisettes simples, à lame à dents de scie flamboyante. Le pommeau est formé par une tête de bouffon ciselée, et sur la garde deux petites têtes également ciselées.

85 — Épée à longue lame. La garde, formée d'une croisette retournée en sens inverse par les deux bouts et de deux anneaux grillés, est incrustée d'argent. Le pommeau est du même travail.

Milieu du xvie siècle.

86 — Riche Garniture d'épée en fer ciselé et doré. Elle se compose d'un pommeau, d'un fragment de quillon et d'une garde où sont très-finement ciselés quatre sujets des Travaux d'Hercule.

xviie siècle.

87 — Carabine a rouet. Garnitures du bois en corne de cerf gravée ; batterie en fer gravé et décoré de quelques ornements en cuivre. Canon rayé à tourillon. Platine de très-bonne fabrication, en très-bon état.

Fabrication allemande.

xvie siècle.

88 — Carabine de chasse a pied de biche et a rouet, ciselée, dont le bois est incrusté d'ornements en ivoire et nacre. Canon rayé. Pièce très-fine et parfaitement conservée.

xvie siècle.

89 — Petite Pertuisane à fer allongé. Hachette avec dague à ressort à l'intérieur.

xvie siècle.

90 — Belle Armure indienne de Delhi. Elle est composée d'un timbre avec pèlerine en mailles, de quatre plastrons et deux brassards en damas damasquiné d'or, dont les bordures sont formées par des inscriptions. Le reste de l'armure se compose d'une cotte de mailles de fer et cuivre, de gantelets et de jambières également en mailles.

91 — Lance indienne de Delhi. Pointe damasquinée d'or. Elle est munie de sa hampe.

92 — Poignard abyssin. Fourreau en filigranes d'argent.

93 — Lance japonaise, forme de sabre, à long manche laqué, garni ainsi que le fourreau en argent gravé, décoré de fleurs dorées sur fond noir.

94 — Yatagan, à lame en damas, avec inscriptions damasquinées en or. Le fourreau en argent repoussé, décoré de trophées d'armes et ornements.

95 — Poignard à lame droite, à cannelure évidée, portant des inscriptions damasquinées d'or. La poignée en buffle est garnie ainsi que le fourreau en fer doré.

96 — Petit Coutelas. Lame en damas, avec poignée en fer décorée de feuillages dorés.

97 — Couteau chinois, manche en jade et fourreau en émail, décor d'or sur fond bleu.

98 — Paire de Sabres japonais, avec garniture en bronze doré sur fond noir, et fourreau laqué imitant la peau de requin.

99 — Sabre japonais. Monture en bronze et fourreau laqué à côtes.

100 — Autre analogue plus petit.

101 — Deux petits Couteaux japonais de même nature.

102 — Paire d'Éperons en acier bleui, damasquinés d'argent.

Travail de Kabylie.

103 — Paire d'Éperons en acier bleui, incrustés d'argent gravé et de coraux.

Travail algérien.

104 — Batterie de fusil en acier bruni et argent gravé.

Travail de Kabylie.

FAÏENCES & PORCELAINES

105 — Petit Plat à bossettes. Au centre un amour, les yeux bandés; le tout rehaussé de reflets métalliques bleu nacré et or.

Fabrique de Gubbio.

106 — Coupe ronde, représentant Samson tuant les Philistins.

Fabrique d'Urbino.

107 — Coupe ronde, représentant une scène tirée de l'his toire de Benjamin.

Fabrique d'Urbino.

108 — Coupe a piédouche, décorée de grotesques en couleurs sur fond blanc.

Fabrique d'Urbino.

109 — Plat rond à ombilic. Au centre un buste de femme, BERRADIN, décor rayonnant au pourtour; le tout rehaussé de reflets métalliques.

Fabrique de Deruta.

110 — Gourde de chasse, décorée de grotesques et de médaillons en couleurs sur fond blanc.

Imitation d'Urbino, fabrique de Ginori.

111 — Gourde de forme aplatie, décorée de grotesques en couleurs sur fond bleu.

Même fabrique.

112 — Deux Plats, décorés de feuillages polychromes et de médaillons en camaïeu bleu; au centre de chaque plat un sujet pastoral en camaïeu bleu.

Fabrique de Delpht.

113 — Grand Plat creux à décor polychrome, imitant les faïences orientales.

Fabrique de Delpht.

114 — Grand Plat en ancienne porcelaine du Japon, décoré de fleurs, oiseaux et ornements rouges, bleus et or.

115 — Autre Plat semblable au précédent.

MEUBLES

116 — Grand Meuble-Cabinet, avec fronton et couronnement formant horloge en bois noir, décoré de plaques de mosaïques de Florence, oiseaux et fruits exécutés en matières dures; le meuble est enrichi de colonnettes et plaques en lapis; la galerie surmontant l'entablement est garnie de balustres en agate. Le tout repose sur un support à pieds à balustres, garnis également de lapis et bronze doré.

Travail italien dans le style de la renaissance.

117 — Très-grand Meuble, formant vitrine, en bois sculpté, décoré de rinceaux et mascarons, et à colonnes détachées; le bas du meuble forme siége.

Travail moderne dans le style de la renaissance.

118 — Beau Cassone, ou coffre de mariage, en bois sculpté et doré, garni de trois panneaux peints; les deux petits

représentent deux épisodes de l'histoire de Samson; celui de devant représente le Siége de Carthage par des guerriers et chevaliers en costume moyen âge.

Pièce très-curieuse du xve siècle.

119 — Garniture de Lit brodée de soie, composée de : deux rideaux, un fond de lit, un baldaquin, entourage de baldaquin, devant de lit, couvre-pieds, deux embrasses.

Travail italien, époque de de Louis XIV.

120 — Meuble-Cabinet en laque de Chine, rehaussé de parties nacrées avec ferrures en cuivre gravé.

Travail moderne.

121 — Deux petits Meubles-Cabinets en laque rouge de Pékin, décorés de fleurs et ornements, avec portes garnies de treillages en vannerie.

Travail moderne.

122 — Cinq grandes Vitrines en bois noir.

Seront vendues séparément.

OBJETS DIVERS

123 — Bas-relief en ivoire. *Piéta.*

Travail italien du xviie siècle.

124 — Grande Aiguière et son plat en argent repoussé, décorés de palmettes, rinceaux et médaillons d'oiseaux.

Travail allemand du XVIIIe siècle.

125 — Petit Canon sur affût en argent repoussé et gravé, portant des inscriptions en relief.

Travail russe ; monté sur socle en marbre.

126 — Aiguière avec son bassin et sa grille en cuivre repoussé et gravé, ornés de petites plaques rondes en émail champlevé.

Travail oriental.

127 — Statuette équestre en bronze doré, représentant un empereur à cheval sur socle en marbre orné de bas-reliefs en bronze doré.

Époque de l'Empire.

128 — Narguilhé en argent gravé, accompagné de ses tuyaux et fourneau de même matière.

Travail turc.

129 — Grand Candélabre en serpentine, décoré de rinceaux, mascarons, cariatides et figures en relief, probablement copié sur un bronze du XVIe siècle.

Travail italien.

130 — Petit Vase à couvercle en terre cuite, forme bouteille.

Travail oriental.

131 — Statuette en marbre. Réduction de la Vénus Callipige.

Travail moderne.

132 — Costume complet de femme norvégienne, monté sur mannequin à tête de cire avec couronne formant coiffure et bijoux en argent repoussé, filigrané et doré.

133 — Costume complet de femme islandaise, également monté sur mannequin à tête de cire avec bijoux et ornements en argent repoussé, émaillé et doré.

134 — Costume de femme turque en soie et velours, brodé d'or, monté sur mannequin à tête de cire.

135 — Costume de guerrier chinois, brodé et garni de clous à têtes saillantes, avec casque et ornements en cuivre doré et gravé.

136 — Veste et Collerette de femme islandaise en drap brodé d'argent.

137 — Diverses pièces de costumes ; chemises, écharpes, ceintures, etc.

Seront divisées.

138 — Ceinture en velours noir, garnie de plaques en vermeil gravé, décorées de rinceaux et d'oiseaux.

Travail islandais.

139 — Série de Bijoux, plaques, agrafes et pendants d'oreilles en vermeil et argent, provenant d'Islande.

Seront divisés.

140 — Squelette d'un bœuf musqué. Cet animal, qui ne se trouve que dans l'Amérique du Nord, est excessivement rare. On n'en connaît que deux exemplaires aux États-Unis. Celui-ci est le seul existant en Europe.

Sujet jeune.

141 — Peau préparée de l'animal ci-dessus désigné.

142 — Sous ce numéro seront vendus les objets non catalogués.

www.ingramcontent.com/pod-product-compliance
Ingram Content Group UK Ltd.
Pitfield, Milton Keynes, MK11 3LW, UK
UKHW021035260726
13994UKWH00005B/2161